Le coup de coeur de Fraisinette

Presses Aventure

Paru sous le titre original : *Strawberry Shortcake's Show and Tell*

Fraisinette^{MC} © 2007 Those Characters From Cleveland, Inc.
Utilisé sous licence par Les Publications Modus Vivendi Inc.

Publié par Presses Aventure, une division de
LES PUBLICATIONS MODUS VIVENDI INC.
55, rue Jean-Talon Ouest, 2ᵉ étage
Montréal (Québec) Canada H2R 2W8

Dépôt légal Bibliothèque et Archives nationales du Québec, 2007
Dépôt légal - Bibliothèque et Archives Canada, 2007

Traduit de l'anglais par : Catherine Girard-Audet

ISBN-13 : 978-2-89543-747-5

Nous reconnaissons l'aide financière du gouvernement du Canada par l'entremise du Programme d'aide au développement de l'industrie de l'édition (PADIÉ) pour nos activités d'édition.

Gouvernement du Québec — Programme de crédit d'impôt
pour l'édition de livres — Gestion SODEC

Le coup de coeur de Fraisinette

par Megan E. Bryant
illustré par Scott Neely

Fraisinette adore l'école.
L'école est fraisement
amusante !

Ce que Fraisinette préfère,
ce sont les expositions,
et demain, c'est la
journée d'exposition !

Fraisinette veut présenter
quelque chose de fraisement
spécial. Que devrait-elle
apporter ?

Un livre ?

Trop lourd.

Un crayon ?

Trop petit.

Une peinture ?

Trop salissant.

9

Un ballon ?

Trop rebondissant.

Fraisinette ne sait pas
quoi apporter pour la
journée d'exposition!

Après l'école, Fraisinette
marche jusqu'à chez elle.
Le vent souffle fraisement fort.

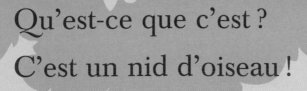

Qu'est-ce que c'est ?

C'est un nid d'oiseau !

13

Il n'y a pas de maman
oiseau dans les alentours.
Il n'y a pas de papa
oiseau dans les alentours.
Qui prendra soin de l'œuf ?

Fraisinette le fera !

Fraisinette transporte
le nid chez elle.
Elle garde l'œuf au chaud.
Elle prend soin de l'œuf.

Fraisinette a soudain
une très bonne idée.
Elle peut apporter le nid
à l'école pour la journée
d'exposition !

Avant d'aller à l'école, Fraisinette met le nid dans une boîte. Elle marche fraisement soigneusement en direction de l'école.

Fraisinette attend très
longtemps.
C'est enfin l'heure
de l'exposition.

Mandarine leur présente une plante.

Petit Beignet leur présente une petite voiture.

Bleuette leur présente
une photographie.

Madeleine leur présente un gâteau.

Mam'zelle Galette leur
présente des emporte-pièces.

Puis c'est le tour de Fraisinette.

Elle est fraisement excitée !

Fraisinette ouvre la boîte.

Mais où se trouve l'œuf ?

Surprise !

L'œuf a éclos !

Il s'agit maintenant

d'un bébé oiseau !

Le bébé oiseau est

fraisement mignon.

Une maman oiseau doit
toutefois prendre
soin de lui.

ÉCOLE DE LA VALLÉE
DE FRAISINETTE

Les enfants vont à l'extérieur.
Ils remettent le nid
dans l'arbre.

La maman oiseau revient
à la maison !

Voici une surprise
d'exposition fraisement
spéciale !